Élisabeth
princesse à Versailles

© 2017 Albin Michel Jeunesse
22, rue Huyghens, 75014 Paris
www.albin-michel.fr

Tous droits réservés, y compris de reproduction
partielle ou totale, sous toutes ses formes.
Loi n° 49-956 du 16 juillet 1949
sur les publications destinées à la jeunesse.

Annie Jay

Illustré par Ariane Delrieu

Élisabeth
princesse à Versailles

7. La Couronne de Charlemagne

Albin Michel Jeunesse

Élisabeth
Petite sœur du roi Louis XVI.

Louis XVI
Frère aîné d'Élisabeth,
roi de France de 1774 à 1793.

Marie-Antoinette
Épouse de Louis XVI,
plus jeune fille de l'impératrice
d'Autriche Marie-Thérèse.

Charles-Philippe
Frère d'Élisabeth.
Marié à Marie-Thérèse de Savoie.

Louis-Stanislas
Frère d'Élisabeth.
Marié à Marie-Joséphine.

Madame de Marsan
Gouvernante d'Élisabeth.

Madame de Mackau
Sous-gouvernante d'Élisabeth.

Angélique de Mackau
Fille de Mme de Mackau et meilleure amie d'Élisabeth.

Clotilde
Sœur d'Élisabeth.

Colin
Petit valet d'Élisabeth.

Théo
Page, ami d'Élisabeth.

Biscuit
Chien d'Élisabeth.

Guillaume
Page, ami de Théo.

Samir
Ami d'Élisabeth.

Dans les tomes précédents

La vie d'Élisabeth, petite sœur de Sa Majesté le roi Louis XVI, a complètement changé depuis l'arrivée de sa nouvelle gouvernante, Mme de Mackau. Loin de l'emprise de la très sévère Mme de Marsan, Élisabeth vit mille aventures avec sa meilleure amie Angélique, le jeune page Théo, son valet Colin et Samir, qui fait partie de la délégation de l'ambassade de Libye. Ensemble, ils mènent des enquêtes passionnantes. Pour l'heure, le couronnement du frère d'Élisabeth approche, et tout le monde s'apprête à quitter Versailles pour y assister...

Chapitre 1

*Château de Versailles,
juin 1775.*

– Pfff…

Élisabeth se laissa tomber sur son lit, découragée.

– Le temps passe, et mon frère n'a toujours pas pris sa décision…

Angélique vint s'asseoir à côté d'elle.

– Il faut être patiente. Sa Majesté te rendra sa réponse dans un mois.

Hélas, la patience n'était pas la principale qualité d'Élisabeth ! On parlait de lui faire épouser le petit-fils du roi du Portugal. Bien sûr, c'était flatteur. Mais, à 11 ans, Élisabeth n'avait aucune envie de se marier, pas plus que de quitter Versailles[1].

— Si seulement je pouvais jeter un œil au portrait de ce Joseph, pour voir à quoi il ressemble.

— Cesse de t'inquiéter !

Mais Élisabeth en avait assez. Elle poussa un soupir et se leva d'un bond :

— Je veux voir mon frère !

— Non ! Mme de Marsan te l'a interdit ! Veux-tu qu'elle te punisse ?

Élisabeth lui lança un regard noir avant de protester :

— La gouvernante ne peut m'en empêcher ! Je suis une Fille de France !

Mme de Mackau, qui venait d'entrer, s'étonna :

— Que se passe-t-il, Madame ?

---

1. Voir tome 6, *Un cheval pour Élisabeth*.

Chapitre 1

Élisabeth se planta devant elle, les poings serrés et le menton haut :

– J'exige de voir mon frère !

Voilà un an que la nouvelle sous-gouvernante était au château. Depuis son arrivée, Élisabeth, rebelle et insolente, avait bien changé. Elle était devenue studieuse et réfléchie. Que voulait dire ce caprice si soudain ?

– Pourquoi donc, Madame ?

La princesse n'osa pas répondre. Effectivement, la gouvernante des Enfants de France lui avait interdit de parler au roi de ce mariage, mais elle était si inquiète !

– Ai-je besoin d'une raison pour voir mon frère ? s'écria-t-elle avec colère. Emmenez-moi tout de suite jusqu'à ses appartements !

La sous-gouvernante parut surprise. Voilà bien longtemps que son élève ne s'était pas adressée à elle sur ce ton ! Un souci semblait la tracasser depuis quelques jours. « Le mariage, bien sûr ! », songea-t-elle. Mme de Marsan, sa supérieure, serait mécontente, mais elle décida d'accepter :

– Eh bien, allons-y… Angélique, attends-nous, s'il te plaît. Dès notre retour, je vous donnerai votre leçon d'histoire.

Elles traversèrent le château et demandèrent à être reçues. Le garde les fit entrer dans le Cabinet intérieur, le bureau du roi.

Chapitre 1

Louis XVI admirait un objet... extraordinaire. Une couronne royale. Elle était toute de diamants, de rubis, d'émeraudes... Le jeune souverain embrassa sa sœur. Puis il recula de quelques pas, et continua d'observer la merveille, les mains sur les hanches.

– Elle est belle, n'est-ce pas Babet ?

– Superbe..., souffla Élisabeth, qui avait presque oublié pourquoi elle était là. Qu'est-ce donc ?

La question, se rendit-elle compte, était stupide ! Mais son frère y répondit de bon cœur :

– Vous savez, Babet, que je dois être sacré[2] à Reims dans quelques jours.

– Oui, j'en ai entendu parler...

– La couronne de notre grand-père Louis XV était bien trop petite pour moi. Il faut dire qu'il avait 12 ans lors de son sacre... Moi, j'en ai 20, et je suis plutôt grand et fort. J'aurais été ridicule avec la sienne... J'ai ordonné qu'on en démonte les pierres et que l'on m'en crée une nouvelle avec. La voici.

– Pourrais-je assister au sacre ?

– Bien sûr ! Toute la famille sera présente, sauf nos vieilles tantes qui sont fatiguées, et notre belle-sœur Marie-Thérèse qui attend un bébé. Ce serait trop dangereux pour elle de prendre la route.

Élisabeth lâcha un « oh... » surpris. Elle se doutait bien que l'épouse de Charles-

---

2. Par une cérémonie religieuse, le sacre, le roi devenait « sacré », c'est-à-dire qu'on le considérait comme l'homme que Dieu avait choisi pour diriger le pays.

Chapitre 1

Philippe n'était pas dans son état normal. Sa taille avait épaissi et, certains jours, son visage semblait gris, d'autres jours, jaune. Mais Louis-Auguste s'étonna à son tour :

– Que puis-je pour vous, Babet ?

Sa petite sœur se mit à danser d'un pied sur l'autre.

– Marie-Antoinette m'a dit que vous possédiez un portrait de... l'infant[3] du Portugal. J'aimerais le voir.

Comme Louis-Auguste se redressait d'un air agacé, elle s'excusa :

– Je sais que je ne devrais pas ! Mais je ne dors plus à l'idée de me marier, tant je suis angoissée !

Le roi hocha la tête, s'éclaircit la gorge et expliqua :

– Il s'agit d'une affaire d'État, Babet. Le Portugal est l'allié de notre ennemie, l'Angleterre. Si vous épousiez l'infant Joseph, nous pourrions en faire notre ami.

---

3. Infant, infante : nom donné aux princes et aux princesses d'Espagne et du Portugal qui ne sont pas héritiers au trône. Joseph du Portugal était le petit-fils du roi. Sa mère, Maria, devait régner avant lui.

– Et si, s'inquiéta-t-elle, malgré ce mariage, le Portugal restait l'allié de l'Angleterre ? Imaginez-vous quelle vie terrible j'aurais, moi, une Française, en pays ennemi ?

Mme de Mackau intervint aussitôt :

– Rien n'est fait, Madame. Mais vous savez, bien sûr, que votre rôle est d'obéir, dans l'intérêt de notre pays.

Louis-Auguste approuva d'un air triste :

– Croyez-vous, Babet, que je sois heureux d'être roi ? Je déteste ça, mais c'est mon devoir. Vous aussi, vous devrez vous sacrifier. Mais, si cela peut vous tranquilliser...

Il sortit d'un tiroir une petite peinture ovale qu'il lui tendit :

– Voici l'infant Joseph. Il a 13 ans et demi. Comme vous voyez, il est plutôt joli garçon avec ses cheveux blond-roux et ses yeux clairs. Il paraît que c'est un élève appliqué et un excellent cavalier. Si vous

Chapitre 1

étiez mariés, je ne pense pas qu'il vous traiterait en ennemie.

Mais Élisabeth continuait à faire la moue, guère convaincue. Louis XVI mit fin à l'entretien en soupirant :

– À présent, Babet, laissez-moi. Je prendrai ma décision dans un mois après en avoir discuté avec mes ministres.

Chapitre 2

– Alors, comment est-il ? s'inquiéta Angélique lorsque sa mère et son amie revinrent.

– L'infant ? Assez beau ! répondit Élisabeth. Mais je ne suis pas rassurée pour autant... Peut-être qu'il me trouvera laide ! Le fiancé de ma sœur Clotilde estime bien qu'elle est trop grosse ! Ses ambassadeurs sont même venus l'examiner toute nue, pour voir si elle n'était pas malade... Moi, ajouta-t-elle, je refuserai de me mettre nue devant les Portugais !

– Allons, soupira la sous-gouvernante, parlons d'autre chose. Tenez, voulez-vous savoir comment se déroulera le sacre ? Cela nous fera un très bon cours d'histoire !

Élisabeth haussa les épaules d'un air boudeur avant d'acquiescer :

– D'accord.

– Je vais vous expliquer.

Elle chercha ses mots et se lança :

– Il y a très longtemps, Clovis, le roi des Francs, pour ainsi dire le premier roi de France, était païen : il adorait d'autres dieux que le nôtre. En l'an 496, il décida de devenir chrétien et se rendit à Reims où l'évêque Remi le baptisa. Ce jour-là, il y eut un miracle…

– Ah bon ?

Chapitre 2

– Parfaitement ! Une colombe descendit du ciel. Elle tenait dans son bec une ampoule emplie d'huile...

– Oooh ! s'émerveilla Angélique.

– Remi traça une croix sur le front de Clovis avec cette huile miraculeuse. Depuis, tous les rois de France vont à Reims renouveler cette cérémonie religieuse. Ainsi, au cours d'une messe, l'évêque posera sur la tête de votre frère la couronne de Charlemagne et lui donnera un sceptre et une main de justice, les symboles de la royauté.

– Mais..., réfléchit Élisabeth, Louis-Auguste est déjà baptisé ! Et il est déjà sur le trône !

– Oui, mais après ce sacre, on le considérera comme l'homme que Dieu a choisi pour gouverner la France. Il deviendra une personne... sacrée.

– Mais, pourquoi la couronne de Charlemagne ? Mon frère vient de s'en faire faire une toute neuve !

– En hommage à cet empereur, qui fut le plus grand de nos souverains. Elle fait partie d'un trésor conservé à l'abbaye de Saint-Denis. Seulement, cette couronne est très lourde, elle pèse huit livres[4]. Personne ne peut supporter un tel poids sur sa tête très longtemps. Dès la cérémonie terminée, votre frère mettra à la place celle qu'il s'est fait faire.

Élisabeth acquiesça.

– Quand partirons-nous pour Reims ?

– Lundi prochain. Vous assisterez au sacre au côté de la reine.

– Et moi ? s'inquiéta Angélique. Je ne viens pas ?

– Et moi ? renchérit leur valet Colin depuis la porte qu'il gardait.

– Nous partons tous. Nous nous arrêterons pendant quelques jours à Compiègne. De là, nous nous rendrons à Reims. Nous serons absents une dizaine de jours.

---

4. Environ 4 kilos d'or.

Chapitre 2

L'abbé de Montégut leur donna ensuite un cours de français parfaitement assommant. Après une heure de conjugaison, les deux filles eurent droit à une demi-heure de latin, suivie d'une heure de calcul. Lorsque midi sonna, Élisabeth et Angélique se précipitèrent en soufflant de soulagement sur la terrasse décorée d'orangers en pots.

Elles étaient en train de jouer avec Biscuit, le petit chien d'Élisabeth, lorsque Théophile de Villebois vint s'appuyer à la barrière de fer, le nez entre les barreaux, pour leur dire bonjour.

– Cet après-midi, les pages n'ont pas école. Nous pourrions monter à cheval.

La sous-gouvernante, qui avait entendu, approuva aussitôt :

– Pourquoi pas ? Il fait un temps superbe, autant faire un peu d'exercice ! Je vous suivrai en calèche avec Colin et Biscuit.

– Allons à la Ménagerie, proposa Élisabeth. Nous y retrouverons Samir.

Samir faisait partie de l'ambassade que le pacha de Libye avait envoyée à Versailles pour conclure un traité de paix avec la France.[5] Son père s'occupait des animaux que les Libyens avaient amenés de leur pays en cadeau au roi.

– Excellente idée ! approuva Mme de Mackau.

Cet après-midi-là, après une agréable balade à cheval, ils se rendirent à la Ménagerie pour goûter. Tout en mangeant un morceau de

---

5. Voir le tome 6, *Un cheval pour Élisabeth*.

brioche arrosé de citronnade, Élisabeth parla du sacre.

– C'est dommage que vous ne soyez pas du voyage, dit-elle à Samir et Théo. Cela aurait été bien plus drôle avec vous !

– Mais je viens, lança Théo en riant. Les pages de la Grande Écurie défileront derrière le carrosse du roi ! Nous partons dans deux jours !

– Moi aussi, Madame ! s'écria Samir. Ton frère a invité Son Excellence l'ambassadeur Sidi Abderrahman Bediri Aga. Je l'accompagnerai avec mon père.

Samir avait l'habitude de tutoyer n'importe qui, même la princesse. Si, au début, il avait choqué Théo et Colin, maintenant, tout le monde trouvait cela normal.

– Mais alors ! Nous y serons tous ensemble ! Quelle chance !

Chapitre 3

Trois jours plus tard.

Les valets chargeaient de nombreuses malles sur un chariot. La princesse emportait tout ce qui lui serait utile pour une dizaine de jours. En plus de ses vêtements, il y avait ses affaires de toilette et de classe, et même la niche de Biscuit ! À cela, on avait ajouté les bagages d'Angélique et de sa mère. Colin, lui, n'emportait qu'un baluchon qu'il lança sur le banc de conduite où il devait s'asseoir à côté du cocher.

– Et Clotilde ? s'alarma Élisabeth.

– Elle voyagera dans un autre carrosse, annonça la sous-gouvernante. Mme de Marsan l'accompagnera. Elle en profitera pour lui apprendre le nom de toutes les personnes importantes du royaume de Piémont-Sardaigne. C'est que, votre sœur se marie dans deux mois avec le prince héritier !

Leurs carrosses partirent au petit jour pour un long voyage. Huit heures de route les attendaient, durant lesquelles elles ne s'arrêteraient que le temps de manger et de changer de chevaux[6].

Elles arrivèrent enfin, ce soir-là, le dos douloureux à cause des cahots de la route.

– Comme c'est beau ! lança Angélique en regardant par la fenêtre.

Le château de Compiègne était un magnifique édifice bordé d'une petite ville, au milieu

---

6. Les voitures étaient tirées par des chevaux. Afin de rouler plus vite, on échangeait régulièrement les chevaux fatigués contre des chevaux frais, c'est-à-dire reposés.

des bois. Mme de Mackau descendit du carrosse avec un soupir de lassitude :

– Je n'en puis plus ! gémit-elle.

Les deux filles s'étirèrent, ravies de pouvoir enfin se dégourdir les jambes.

– J'adore Compiègne ! lança Élisabeth. Chaque année, mes frères viennent chasser ici. Tu verras, Angélique, les jardins sont superbes et on pourra galoper dans la forêt.

Déjà, les serviteurs sortaient les malles. Colin, qui venait de sauter du banc de conduite, se recoiffa de son chapeau :

– Nous roulions si vite que j'ai failli le perdre !

Son visage était tout rouge. Élisabeth le pointa du doigt et se mit à rire :

– Mais… tu as pris un magnifique coup de soleil !

– Ben tiens, se plaignit-il, j'aurais voulu vous y voir. Huit heures de route au grand trot, le nez au vent, à m'accrocher pour ne pas tomber…

Clotilde, elle aussi, descendait de son carrosse. Elle rejoignit sa petite sœur en se massant les reins :

– Je suis bien aise d'être arrivée ! Que diriez-vous de faire quelques pas dans le parc, pour nous détendre ?

– Il n'en est pas question ! s'écria Mme de Marsan dans son dos.

Clotilde rentra la tête dans les épaules.

– Pourquoi ne pourrait-elle pas se détendre ? s'indigna Élisabeth. Vous n'allez quand même pas l'obliger à poursuivre son travail, après ce long voyage !

Mme de Marsan la toisa du regard :

– Taisez-vous, effrontée ! Madame Clotilde ne connaît pas encore les noms des ministres piémontais. Vous ne souperez que lorsqu'elle les saura. Après quoi, vous vous mettrez au lit.

Les yeux de Clotilde s'emplirent de larmes. Cependant, elle accepta sans faire d'histoire :

– Mme de Marsan a raison, il me reste peu de temps avant de partir pour mon futur pays. Je dois tout apprendre par cœur si je veux que mon fiancé soit content de moi. Déjà qu'il ne m'aime guère à cause de mes rondeurs…

Élisabeth et Angélique la virent suivre la gouvernante la tête basse.

– Vous comprenez, soupira Élisabeth, pourquoi je ne veux pas me marier ? Voyez comme ma sœur est malheureuse !

La sous-gouvernante la serra contre elle pour la réconforter. Après avoir un peu bougonné, Élisabeth la repoussa et demanda :

– Et nous ? Pouvons-nous prendre un peu l'air avant le souper ? Mon pauvre Biscuit a des fourmis dans les pattes !

Chapitre 3

– Allez-y, accepta Mme de Mackau. Mais pas trop loin, et ne commettez pas d'imprudences.

– Je les escorte ! s'écria Colin.

– Merci, mon garçon. Quant à moi, je cours donner des ordres aux serviteurs, afin que l'on range convenablement nos affaires. Dieu quel bazar ! Où sont nos malles ?

De nombreux chariots arrivaient de Versailles. Chacun se garait devant l'entrée, comme il pouvait. Des domestiques en déchargeaient meubles, tapis et tentures, afin que la famille royale soit installée au mieux.

– Allons dire bonjour à Théo, proposa Élisabeth.

Un bâtiment était réservé aux pages, près des écuries. On leur avait attribué plusieurs dortoirs, ainsi qu'une large piste couverte de sable pour leurs exercices d'équitation. Ils y découvrirent leur ami et ses camarades en plein travail. Leur maître leur faisait exécuter des figures à cheval qu'ils réussissaient à merveille. Une fois le cours terminé, Théo vint les rejoindre.

– Nous défilerons avec Sa Majesté après le sacre, leur expliqua-t-il. Nous devons nous entraîner pour être parfaits.

– Oh...

Un garçon brun aux yeux verts les interrompit avec un « hum ! » gêné. Il devait être âgé de 12 ou 13 ans. Un peu intimidé, il ôta son chapeau pour les saluer. Théo le présenta :

– Voici Guillaume de Formigier de Beaupuy[7]. C'est un très bon camarade, en qui vous pouvez avoir confiance.

Angélique lui rendit sa révérence, tandis qu'Élisabeth le saluait d'un geste du menton. Puis se tournant vers Théo, la princesse demanda :

– Si vos maîtres vous accordent un peu de liberté, peut-être aimeriez-vous passer l'après-midi avec nous, demain ?

---

7. Il a vraiment existé ! Né en 1762, il entra à l'école des pages en 1775, puis fut garde du corps du roi et lieutenant-colonel de cavalerie. Il mourut en 1857.

– Ce sera avec plaisir.

Comme Guillaume les observait en malaxant son tricorne[8] à deux mains, elle lui sourit :

– Voulez-vous venir avec nous, monsieur ?

Le garçon se sentit rougir jusqu'à la racine de ses cheveux ! Il réussit à acquiescer en bafouillant :

---

8. Chapeau de l'époque. Les bords étaient roulés en trois pointes, ou « cornes ».

– Je... je serais très honoré, Madame. Je... je suis nouveau, je n'ai pas encore d'amis.

Il parlait avec un accent chantant, comme en possédaient les gens du midi de la France. Cela plut beaucoup à Élisabeth.

– À demain, messieurs.

Les deux filles et leur valet prirent congé et se dirigèrent vers la ville. Elle était petite, mais très jolie. Une grande agitation y régnait.

– Ah mais ! s'étonna Colin, les voitures encombrent les rues, pire qu'à Versailles !

– Chaque fois que la famille royale vient à Compiègne, lui expliqua Élisabeth, des courtisans[9] sont obligés de coucher chez les habitants, faute de place au château. Tout est loué, les chambres, les greniers, et même les écuries. Alors imagine, pour le sacre de mon frère ! Tout le monde veut être présent.

– Regardez ! lança Colin en montrant du doigt des silhouettes familières.

---

9. Personne, le plus souvent de la noblesse, qui suivait la famille royale pour la servir.

Chapitre 3

– Les Libyens ? s'étonna Angélique. Ils sont déjà arrivés ?

Ils marchèrent jusqu'à une agréable auberge. Dans la cour, plusieurs chevaux buvaient à l'abreuvoir. Parmi eux se trouvait Éclipse, la jument de Samir. Les étrangers, vêtus d'un long manteau de soie et la tête coiffée d'un turban, faisaient grande impression ! On les observait à distance avec curiosité, en commentant leurs tenues, tout comme l'avaient fait Élisabeth et Angélique voilà quelques semaines, à Versailles.

Les trois amis fendirent la foule. Samir, qui aidait à porter les bagages, vint à leur rencontre.

– *Salam aleykoum*[10] ! lança Élisabeth. Vous logez dans cette auberge ?

– *Aleykoum salam* ! Oui. Mais Son Excellence l'ambassadeur est mécontent. Il n'y a pas assez de lits pour tout le monde. On m'a déjà prévenu que je devrai coucher aux écuries.

---

10. « Bonjour » en arabe.

Les deux filles firent la grimace, mais Samir esquissa un sourire ravi :

– J'en suis bien content ! Comme ça, je serai à côté d'Éclipse. Partager une chambre avec mon père et l'interprète aurait été beaucoup moins drôle.

Sept heures sonnaient à l'église voisine. Les jeunes gens, à regret, s'apprêtèrent à regagner le château.

– Viendras-tu passer l'après-midi avec nous, demain ? demanda Élisabeth à Samir. Il y aura sûrement Théo et un de ses camarades.

– Avec joie, Madame, si mon père n'a pas besoin de moi.

Chapitre 4

Samir, qui était si heureux de dormir avec les chevaux, ne le resta pas longtemps… Il se réveilla en sursaut ! La nuit était profonde. Où se trouvait-il ?

– Ah oui ! réalisa-t-il. Je suis dans le foin, bien sûr !

Il s'était installé un lit douillet au grenier, au-dessus de l'écurie, avec une couverture et un oreiller. En dessous, une bête venait de hennir.

– Et si c'était Éclipse ? s'inquiéta-t-il. Pourvu qu'elle aille bien !

La route avait été longue, il avait fait chaud. Peut-être qu'elle avait soif ? Il se leva doucement et descendit l'échelle.

Ah ça... Il n'était pas seul. Assis sur des bottes de paille autour d'une lanterne, quatre hommes lui tournaient le dos. Ils portaient de grands manteaux et de larges chapeaux de feutre.

« Ce sont des voyageurs qui se rendent au sacre, songea-t-il. L'aubergiste a dû les envoyer dormir ici. »

Sous leur lanterne était déroulée une carte qu'ils pointaient du doigt tout en parlant. Ils étaient si concentrés sur leur conversation qu'ils ne l'avaient pas entendu arriver. Samir allait retourner se coucher, lorsqu'il saisit quelques mots...

– C'est ici qu'il nous faudra frapper !

Le garçon s'arrêta. Avait-il bien compris ? Il ne connaissait pas parfaitement la langue

Chapitre 4

française, mais «frapper», cela voulait dire «donner des coups». Ces hommes se préparaient-ils à agresser quelqu'un?

Cette idée lui fit battre le cœur. Que devait-il faire? Rester et écouter, ou s'éloigner discrètement? Il leva la tête. L'échelle pour remonter au grenier était haute. Qu'il fasse le moindre bruit et les bandits le repéreraient... Mieux valait se faire tout petit, et attendre qu'ils partent. Il s'accroupit dans un coin et ouvrit grand ses oreilles:

– Combien seront-ils? demanda l'un des hommes.

– Trois religieux et deux gardes.

– Il nous suffira de leur barrer la route...

Puis ils baissèrent la voix. Bientôt, Samir ne saisit plus que quelques mots: «maison... le comte... colombe... Charles... mague...»

«Qu'est-ce que ça veut dire, "mague"?» se demanda-t-il.

– Et s'ils résistent ? reprit plus haut un bandit.

– Nous les tuerons !

Samir lâcha un cri ! Hélas, les hommes l'avaient entendu ! L'un d'eux se leva :

– Qui va là ? cria-t-il. Montrez-vous !

Malgré l'ordre, le garçon ne bougea pas et retint son souffle. Peut-être qu'ils finiraient par penser qu'un cheval avait henni ? Non ! Ils n'étaient pas stupides... D'ailleurs, l'individu commença à fureter dans l'écurie. Samir se recroquevilla sur lui-même. Dans une seconde, il serait découvert... Que lui feraient-ils ? Il regarda le grenier. Peut-être avait-il encore le temps d'y grimper ? Une fois en haut, il remonterait l'échelle et serait à l'abri... Il se décida et bondit. Tremblant, il gravit les barreaux.

– C'est qui ce mouflet ? brailla l'homme.

Il attrapa Samir par son pantalon bouffant et tira. Le garçon tomba lourdement en poussant un cri de douleur. Puis le voyageur le saisit par le col de sa chemise et le hissa jusqu'à ce que leurs visages soient face à face. Les pieds de Samir ne touchaient plus le sol, il était terrorisé...

– Qui es-tu ?

Les yeux écarquillés, Samir réfléchit à peine.

– Moi comprends pas, fit-il exprès de dire dans un mauvais français.

– Qu'est-ce que tu racontes ? pesta l'homme en le fixant bizarrement. Et c'est quoi ce déguisement de carnaval ?

Les trois autres accoururent.

– Moi sais pas le français, répéta Samir.

Il fit en sorte que son accent soit le plus horrible possible. L'individu ébaucha une grimace et le laissa tomber à terre. Puis il sortit un couteau qu'il pointa sur la gorge du garçon... Mort de peur, Samir rampa jusqu'au mur. C'en était fini de lui ! L'homme allait le tuer !

– Arrête ! intervint un des bandits. Il fait partie de l'ambassade des Barbaresques[11].

– Mais, s'il nous a entendus, il nous dénoncera !

– Tu ne vois pas que c'est un gosse ?

Il poussa Samir du bout de sa botte et demanda :

– C'est comment ton nom, petit ?

– Moi pas savoir le français...

– Tu vois, se mit à rire le brigand, il ne comprend rien et répète toujours la même chose. Laisse-le partir.

Son collègue approuva :

– Il a raison. Si tu le tues, il faudra l'enterrer. Comme il aura disparu, il y aura une enquête. C'est pas le moment de se faire remarquer. Couchons-nous. Nous discuterons demain.

---

11. Habitants de la Barbarie, autre nom de la Libye.

Chapitre 4

Et, sans plus faire attention à lui, ils s'installèrent sur la paille en bâillant. Samir ne les lâchait pas des yeux. Et s'ils changeaient d'avis ? S'ils l'assassinaient ? Il était encore temps qu'il rejoigne son père et l'interprète. Non ! Ils lui poseraient sûrement des questions...

La peur au ventre, il grimpa à l'échelle, la tira pour que personne ne puisse l'utiliser, et retourna s'allonger dans le foin. Dans sa tête tournaient les mots qu'il avait entendus : « maison », « le comte », « colombe », « Charles », « mague ».

– J'en parlerai à Colin. « Maison », « le comte Charles », « colombe » et « mague »... Il ne faut pas que j'oublie ces mots...

Puis il rabattit la couverture sur ses oreilles. En dessous, les hommes ronflaient déjà. L'esprit en alerte, il ne ferma pas l'œil cette nuit-là.

Chapitre 5

Élisabeth se leva de très bonne humeur. Elle adorait séjourner à Compiègne. Ici, on pouvait galoper à cheval pendant des heures sans rencontrer âme qui vive. Quant au château, son grand-père Louis XV l'avait fait rénover voilà quelques années. Les appartements étaient à la fois luxueux et confortables, bien plus qu'à Versailles !

Il y avait un soleil superbe. Après son petit déjeuner, elle se précipita au dehors pour aller à la rencontre de Mme de Mackau et d'Angélique, que l'on avait logées aux communs[12].

---

12. Bâtiment réservé au service, où l'on trouvait les cuisines et où on logeait le personnel.

Déjà, les serviteurs et les jardiniers s'étaient mis au travail. Louis XVI et Marie-Antoinette arriveraient le soir même, en compagnie de Louis-Stanislas et de son épouse, et de Charles-Philippe qui venait sans la sienne.

– Êtes-vous bien installées ?

– Fort mal ! gémit Mme de Mackau. Nous sommes quatre par chambre. Mme d'Aumale ronfle et Mme de Breugnon grince des dents ! Mais… ne nous plaignons pas, c'est pour peu de jours.

Elles gagnèrent les appartements de la princesse. Élisabeth et Angélique s'assirent tandis que Colin se plaçait debout derrière elles.

– Bien, déclara la sous-gouvernante. Parlons un peu du sacre. Après-demain, nous partirons pour Reims où nous coucherons dans une abbaye. À l'entrée de la ville, Madame, vous serez accueillie en grande pompe, avec votre sœur Clotilde…

– Moi ? s'étonna Élisabeth.

– Bien sûr ! N'êtes-vous pas une Fille de France ? Il faudra remercier ces gens par quelques mots gentils. Dimanche, nous nous rendrons à la cathédrale pour la cérémonie religieuse. Elle sera fort longue. Vous devrez rester sagement au côté de la reine avec votre belle-sœur, Marie-Joséphine, et votre sœur. Vous serez assises à un balcon, aux premières loges.

Élisabeth acquiesça. Évidemment qu'elle serait sage ! Quelle question ! Le sacre de Louis-Auguste était un événement historique. Elle était fière d'y participer.

– Le roi arrivera vêtu d'une longue tunique. L'archevêque[13] tracera neuf croix sur son corps avec l'huile sainte. Puis, votre frère passera un manteau brodé de fleurs de lys[14]. On lui remettra le sceptre, la main de justice et enfin la couronne. Des seigneurs prendront part à cette cérémonie, dont vos deux autres frères. Ils installeront Louis XVI sur son trône, placé sur une haute estrade, et lui jureront fidélité devant Dieu.

Élisabeth essaya d'imaginer la scène : Louis-Auguste, si grand, revêtu d'un splendide man-

---

13. Religieux de haut rang qui a la responsabilité d'une région.
14. La fleur de lys était l'emblème de la royauté française.

Chapitre 5

teau brodé d'or, sa tête surmontée de sa magnifique couronne... Ce serait impressionnant !

– Les cloches sonneront pour fêter l'événement, reprit la sous-gouvernante. Puis, pour rappeler le baptême de Clovis, on lâchera dans l'église plusieurs centaines d'oiseaux qui voleront en tous sens.

– J'adorerais voir cela, lança Angélique.

– Tu y assisteras avec moi, nous serons dans la foule.

– Et moi ? jeta tristement Colin en baissant le nez. Je ne pourrai pas regarder, n'est-ce pas ? Je ne suis qu'un paysan...

– Toi, tu viendras avec Angélique et moi. On m'a autorisée à t'emmener.

Colin en eut les larmes aux yeux. Il lança à la sous-gouvernante un regard empli de gratitude :

– Merci. Jamais je n'oublierai cet honneur que vous me faites.

Elle en fut si émue qu'elle toussota avant de poursuivre :

– Mme de Marsan vous en apprendra davantage au cours du repas. À présent, faisons un peu de calcul…

À midi, la gouvernante entra, accompagnée de Clotilde. La pauvre semblait si fatiguée ! Elle travaillait beaucoup et avait l'air si désespérée !

– Allez-vous bien, ma sœur ? s'enquit Élisabeth.

– Point trop…

– Cessez de vous plaindre ! la rabroua sèchement Mme de Marsan. Une Fille de France doit tout supporter sans broncher, avec courage. Levez la tête et souriez.

Clotilde essaya d'obéir, mais ne parvint qu'à afficher une triste grimace.

Chapitre 5

Voyant que tous regardaient la princesse d'un œil inquiet, Mme de Marsan se fit plus aimable :

– Un jour, Madame, vous serez la reine la plus instruite d'Europe... grâce à moi. Cet après-midi, si vous le voulez, vous pourrez faire une courte sieste... avant de reprendre vos cours d'italien. À présent, passons au sacre. Je vous ai préparé, à toutes les deux, un petit discours que vous adresserez aux habitants de Reims venus vous accueillir. Tâchez de l'apprendre par cœur.

Et elle leur colla sous le nez un texte plein de mots compliqués, censés remercier les Rémois[15]. Ce fut au tour d'Élisabeth de faire la grimace ! Cela n'avait rien de sincère, ni même de gentil. Elle se promit aussitôt d'en écrire un à sa façon, que tout le monde comprendrait.

Hélas, le repas qui suivit ne fut guère agréable. D'ordinaire, Mme de Marsan les

---
15. Habitants de Reims.

observait d'un œil critique. Aujourd'hui, ce fut pire. Dès que les princesses furent assises, elle donna le ton :

– Dorénavant, Madame Clotilde, vous ne mangerez que la moitié de ce que l'on vous servira.

Clotilde, déjà fatiguée, manqua se mettre à pleurer !

– Pourquoi donc ? Ai-je fait quelque chose de mal ?

– Non. Mais vous êtes trop enrobée. Le père de votre futur époux nous en a fait des remarques désagréables. Vous avez la détestable habitude d'être gourmande, et la gourmandise est un péché. Nous allons vous mettre au régime. Il nous reste deux mois pour vous faire perdre quelques rondeurs.

Tous, dans la pièce, sursautèrent ! Si Clotilde baissa le nez, sans oser répondre, Élisabeth jeta sa serviette sur la table :

Chapitre 5

– Voilà qui est odieux, Madame ! Ma sœur est très bien comme elle est. Elle travaille dur, pour vous être agréable, et vous la privez de manger ?

Mme de Marsan porta une main à sa poitrine, choquée par son insolence. Élisabeth pensa aussitôt qu'elle allait recevoir une bonne punition. Elle prit les devants :

– Combien de lignes désirez-vous ? Cent ? Deux cents ? Je les ferai de bon cœur, si vous cessez de martyriser Clotilde !

La gouvernante regarda la sous-gouvernante pour chercher son appui. Cette dernière savait mieux que personne raisonner son élève. Mais Mme de Mackau préféra fixer le sol.

– Je ne tolérerai aucun écart ! s'écria Mme de Marsan. Je prive Madame Clotilde de nourriture pour son bien. De même que je punis Madame Élisabeth afin qu'elle améliore son fichu caractère. C'est mon devoir.

Après quoi, elle ordonna qu'on serve les plats. Clotilde avala la moitié de son assiette en reniflant. Élisabeth, bras croisés, refusa

Chapitre 5

tout net de manger, par solidarité avec sa sœur. Mme de Marsan en fut si furieuse qu'elle sortit en claquant la porte avant même que le dessert soit apporté.

Chapitre 6

Après le repas, Mme de Mackau avait prévu une longue promenade à pied dans les bois. Lorsque Samir arriva, Élisabeth se tourna vers elle :

– Je lui ai proposé de nous accompagner. J'espère que vous n'êtes pas fâchée ?

– Bien sûr que non ! Samir est un garçon charmant. Il a toujours le sourire.

Seulement, c'était un Samir bien différent qui se présenta ce jour-là. Il était tout pâle, et ses yeux lançaient des regards inquiets. Après les avoir saluées, il demanda :

– Je peux parler à Colin ?

Et il se mordit les lèvres dès qu'il remarqua que Mme de Mackau l'observait avec insistance. Pressentant qu'on allait lui poser des questions, il commença à faire demi-tour pour s'enfuir.

– Non, l'arrêta la sous-gouvernante. Reste ! As-tu des soucis, mon petit ?

– Nooon...

Il mentait, cela se voyait ! Cependant, elle hocha la tête et proposa :

– Naturellement, tu peux t'entretenir avec Colin. Sortez dans le couloir...

Ils s'éloignèrent. Colin, flatté que Samir lui fasse confiance, le prit amicalement par l'épaule :

– Je peux t'aider ?

Alors le garçon déballa toute l'histoire : les brigands qu'il avait surpris dans les écuries et leur projet d'agresser quelqu'un...

Consciencieusement, il répéta les mots qu'il avait entendus : « maison », « le comte », « Charles », « colombe » et « mague »…

– Mais, répliqua Colin après quelques instants de réflexion, cela ne veut rien dire. Il faut en parler à Madame et à Angélique !

– Tu es fou ? Ce sont des filles ! Elles vont avoir peur si je leur raconte des histoires d'assassinat !

Colin se mit à rire !

– Oui, bien sûr, elles risquent d'avoir la trouille, mais elles sont très futées. En plus, elles ont compris que tu désirais me confier un secret. Et tu les connais… Elles ne nous laisseront pas tranquilles tant qu'elles ne le découvriront pas. Mieux vaut le leur dire.

Il regarda l'entrée des appartements et suggéra :

– Une fois dans les bois, nous fausserons compagnie à Mme de Mackau et nous leur raconterons tout.

Samir acquiesça. Finalement, il était bien content de s'être confié à quelqu'un. C'est le cœur plus léger qu'il retrouva ses amies. Colin avait raison… Elles le fixaient déjà, tout en discutant à voix basse… « Aïe aïe aïe ! », se dit-il.

– Je propose, déclara Mme de Mackau, que nous ramassions des fleurs. En rentrant, nous les ferons sécher avant de les coller dans notre herbier.

À la porte du château, ils croisèrent Théo et Guillaume. Après avoir présenté le nouveau venu à la sous-gouvernante, les deux garçons se joignirent à eux.

Ils quittèrent bientôt les jardins pour s'enfoncer dans la forêt. Elle était superbe ! Plantée de hêtres et de chênes centenaires, elle sentait bon et résonnait de chants d'oiseaux. Des écureuils sautaient de branche en branche. Parfois, au loin, ils apercevaient un cerf ou une biche.

Chacun se mit à cueillir des plantes. Mme de Mackau en profita pour leur en donner les noms latins, qu'ils essayaient de retenir en riant. Colin, lui, préféra ramasser des fraises sauvages. Il en apporta plein à sa princesse, au creux de ses paumes.

– Mmm, c'est délicieux !

Au bout d'une heure, ils firent une pause. Alors que Mme de Mackau s'asseyait sur une souche d'arbre, les jeunes gens s'éloignèrent.

– Allez, Samir, lança Colin. Raconte-leur !

Le Libyen regarda Guillaume avec inquiétude. Théo le rassura :

– Tu peux avoir confiance en lui, il sera muet comme une carpe.

– Je le jure ! promit le nouveau.

Samir leur fit signe de se mettre en cercle, puis il leur rapporta ce qu'il avait surpris dans les écuries.

– Des assassins ? s'effraya Angélique. Il faut prévenir le prévôt ![16]

– Pour lui dire quoi ? répliqua Samir. Ils ont quitté l'auberge ce matin ! J'ignore où ils sont partis. Et puis… je n'ai aucune preuve. J'ai juste compris quelques mots !

– Donc, récapitula Élisabeth, leur victime sera accompagnée de trois religieux et de deux hommes.

– Oui. S'ils se rebellent, ils les tueront. Et j'ai entendu : « maison », « le comte », « Charles », « colombe », « mague ».

– Attendez ! s'écria tout à coup Guillaume, je connais un comte de Sainte-Colombe ! Il est archiviste du roi.

– Archeviste ? s'étonna Samir. Ça veut dire quoi, archeviste ?

– Ar-chi-viste ! C'est une personne qui s'occupe des vieux papiers, qui les étudie, et qui les conserve.

---

16. Équivalent de notre commissaire de police.

– Son prénom serait-il Charles ? demanda Théo.

Guillaume afficha un large sourire :

– Charles-Henri, je crois.

Un « oh » admiratif s'éleva du groupe. Puis Élisabeth reprit tout bas :

– Nous avançons à grands pas ! Nous avons déjà résolu une partie de cette énigme. Mais... ce monsieur sera-t-il présent au sacre ?

– Je pense que oui. Ne va-t-on pas établir des documents officiels, lors de la cérémonie ?

– Bien sûr ! Prévenons ce comte de Sainte-Colombe avant que les bandits ne s'en prennent à lui !

– Mais, lança Angélique, que signifient « maison » et « mague » ?

– Ils vont peut-être l'agresser dans sa maison. Quant à « mague »... Je suis sûre qu'il pourra nous l'expliquer, dès que nous l'aurons rencontré.

– Je me charge de me renseigner, proposa Guillaume.

À leur retour, Mme de Mackau leur demanda de s'occuper de leurs récoltes de plantes. Avec délicatesse, Élisabeth et Angélique les posèrent entre deux buvards qu'elles placèrent entre les pages de lourds livres.

– À notre retour de Reims, déclara la sous-gouvernante, elles seront sèches et tout aplaties. Nous pourrons alors les coller dans notre herbier, en notant en dessous leur nom et l'endroit où nous les avons cueillies.

À peine eurent-elles terminé qu'Élisabeth quémandait d'un air suppliant :

– Pouvons-nous sortir de nouveau ?

Mme de Mackau consulta la pendule.

– Entendu, mais pas trop loin. Nous soupons dans une heure. N'oubliez pas que je veux que vous soyez propre et coiffée pour passer à table.

– Promis !

Colin leur ouvrit la porte, et s'arrêta net. De l'autre côté se trouvait Mme de Marsan. Les jeunes gens se regardèrent. Quelle mauvaise nouvelle venait-elle encore annoncer ?

– Où va Madame ? demanda-t-elle.

– Prendre l'air, répondit doucement Mme de Mackau. Ici, il est fort bon. C'est excellent pour sa santé.

– Sans adulte pour l'accompagner ? Voilà qui est très incorrect, en plus d'être dangereux.

Mme de Mackau se mit à rougir.

– Mais... elle ne risque rien.

– Il s'agit d'une princesse, elle doit être surveillée en permanence. Imaginez qu'elle fasse une mauvaise rencontre !

Mais, pour une fois, au lieu de faire le dos rond[17], la sous-gouvernante répliqua d'un air plein de dignité :

– J'ai toute confiance en Madame Élisabeth. De plus, Angélique ne la quitte pas et

---

17. Subir des critiques sans réagir.

Colin les accompagne partout où elles vont.

– S'il lui arrive quoi que ce soit, c'est vous, et vous seule, qui aurez à rendre des comptes au roi !

– J'en prends la responsabilité. À présent, que nous vaut l'honneur de votre visite ?

Mme de Marsan pinça les lèvres. Elle ne pouvait imaginer qu'on lui résiste. Mains croisées, elle répliqua :

– Leurs Majestés, ainsi que leurs frères et belle-sœur, arriveront fort tard, vers minuit. Il est inutile que Madame Élisabeth les attende. Elle verra sa famille demain.

Lorsqu'elle sortit, Élisabeth souffla de soulagement ! Mme de Mackau s'était défendue et l'avait soutenue ! Elle se sentait si fière qu'elle lui fasse confiance qu'elle se jeta dans ses bras pour la remercier ! La sous-gouvernante la reçut contre elle avec un rire heureux avant d'avouer :

– Depuis quelque temps, Mme de Marsan ne cesse de me critiquer. J'espère qu'elle ne cherche pas un prétexte pour me renvoyer.

– Non ! Qu'elle essaye... Je vous jure que je... que je...

Voilà qu'Élisabeth en perdait son vocabulaire ! Un début de colère montait en elle.

– Jamais je ne vous laisserai partir ! ajouta-t-elle. Je vous aime trop ! Vous êtes... comme... ma mère !

– Oh ! ma chère enfant ! Moi non plus, je ne vous abandonnerai jamais.

Des larmes perlaient à ses yeux. Elle les sécha du revers de sa main, puis elle repoussa la princesse vers la porte :

– Allez, ouste ! Sortez d'ici avant que je ne change d'avis.

Chapitre 6

Une fois au dehors, Élisabeth prit le bras d'Angélique :

– Mme de Marsan veut vraiment renvoyer ta mère ?

– Je les ai entendues se disputer à de nombreuses reprises. La gouvernante a appris que tu avais vu ton frère à propos du mariage avec l'infant… Elle l'avait interdit. Elle en est furieuse.

Élisabeth poussa un soupir avant de lancer d'une voix tremblante :

– Dans deux mois, ma sœur sera mariée. J'espère que Mme de Marsan n'a pas dans l'idée de s'occuper de mon éducation après le départ de Clotilde… Jamais je ne supporterai de l'avoir sur le dos du matin au soir ! Elle est si sévère…

– Ne te tracasse pas ! De toute façon, nous ne resterons jamais loin de toi. À présent, courons vite retrouver nos amis.

Chapitre 7

De nombreux courtisans étaient déjà arrivés. La plupart se reposaient de leur voyage ou déballaient leurs affaires. Dès qu'il vit les filles, Guillaume annonça, tout heureux :

– Je me suis renseigné auprès des serviteurs. M. de Sainte-Colombe loge dans une petite chambre au-dessus de la bibliothèque.

– Je la connais !

Élisabeth les conduisit dans les couloirs du château jusqu'à une jolie pièce aux boiseries sculptées et aux rayonnages couverts de livres. Elle y était venue à plusieurs reprises et savait qu'un petit escalier se trouvait derrière une porte de service. Elle la poussa. Ils montèrent jusqu'à une chambre minuscule où ils découvrirent un vieux monsieur haut comme deux pommes, au visage tout ridé.

– Plaît-il ? lâcha-t-il en découvrant les jeunes gens. Que puis-je pour vous ?

Il était coiffé d'une longue perruque qui avait dû être à la mode voilà cinquante ans, et sa veste tachée d'encre était abîmée aux coudes, sans doute à force de travailler à son bureau. De nombreuses malles entouraient son lit. Sous leurs couvercles entrouverts, ils aperçurent des documents anciens, dont certains portaient de gros cachets de cire.

– Nous souhaiterions vous parler…

Il observa alors Élisabeth au travers de ses lorgnons[18] posés sur le bout de son nez.

– Vous connais-je, charmante demoiselle ? Votre visage m'est familier.

---

18. Ancêtres des lunettes. Sans branches, on les tenait à la main, ou on les pinçait sur le nez.

Chapitre 7

Aussitôt Guillaume s'avança :

– Je suis Guillaume de Formigier de Beaupuy, le cousin par alliance de votre cousin Gaspard de Fonvieille.

– Oh... À votre accent, mon jeune monsieur, vous êtes de la branche du Périgord. De Sarlat, si je ne m'abuse.

– Oui, et j'aimerais vous présenter Madame Élisabeth, la sœur de notre roi.

Le vieil homme sembla manquer d'air ! Il plongea dans une profonde révérence, genoux pliés. Mal lui en prit, car il n'arriva pas à se relever.

– Cornegidouille ! À l'aide !

Samir et Théo se dépêchèrent de le prendre sous les bras pour le redresser avant qu'il ne s'étale sur le parquet !

– Aïe, mon dos ! geignit-il. Pouvez-vous ramasser mes lorgnons, je vous prie. Je les ai perdus.

Il tangua un peu sur ses jambes, ajusta ses lunettes et les observa avant de bredouiller :

– Quel honneur, Madame… Souhaitez-vous que je vous montre quelques documents de notre glorieuse histoire ?

Chapitre 7

– Non, monsieur, une autre fois, peut-être.

Et ils lui racontèrent ce que Samir avait découvert. M. de Sainte-Colombe battit des paupières. Au travers de ses verres grossissants, ses yeux bleus semblaient énormes !

– Je ne me connais aucun ennemi, s'étonna-t-il. Tout le monde m'apprécie... à part mon neveu Philippe, qui attend ma mort pour hériter de mes biens...

– Pourrait-il payer des hommes pour vous assassiner ?

– Oh non, il est bien trop avare ! Je suis vieux, il lui suffit d'être patient.

– Et le mot « mague », vous dit-il quelque chose ?

– Il existe plusieurs villages de ce nom, mais aucun ne se trouve dans cette contrée.

Tous se regardèrent. M. de Sainte-Colombe était-il vraiment celui que les bandits voulaient agresser ?

– Savez-vous, reprit-il, que je ne suis pas le seul Colombe, ici ? Il y en a une autre.

– Une ? s'écria Élisabeth. Vous avez donc une sœur ?

Le vieil homme se mit à rire :

– Point du tout. Il existe une demoiselle portant ce prénom. Attendez ! Vous allez comprendre.

Chapitre 7

Il se dirigea à petits pas vers une grande carte accrochée au mur. Elle représentait la région de Compiègne. Il pointa du doigt une minuscule bâtisse[19] au milieu des champs, et expliqua :

– Voyez-vous cet endroit ? Il s'agit d'un immense pigeonnier.

Comme Samir fronçait les sourcils, il précisa :

– C'est une tour où on élève les pigeons... et les colombes. La famille de paysans qui s'en occupe se nomme Duval. Elle travaille pour le comte Charles de Bonne-Maison, qui possède les terres alentour. Comme les Duval aiment beaucoup leur métier, ils ont prénommé leur fille Colombe. Et si c'était elle, qui était visée ?

– Vous avez peut-être raison, réfléchit Élisabeth. Nous retrouvons les mots « comte », « Charles », « maison » et « colombe ». Mais, qui pourrait en vouloir à la fille d'un éleveur de pigeons ?

---

19. Maison, bâtiment.

– Je ne sais pas. Les Duval vous l'apprendront peut-être. Leur pigeonnier est très renommé. Le comte de Bonne-Maison, un jeune gentilhomme charmant, m'a rencontré l'an dernier pour me demander si j'en connaissais l'histoire. J'ai pu lui fournir nombre de documents sur sa construction voilà deux siècles.

Théo s'approcha de la carte pour évaluer la distance entre le château et le minuscule point.

– Il y a au moins une demi-heure de cheval.

Puis il se tourna vers ses amis :

– Nous pourrions essayer de nous y rendre demain... Mais quelle excuse donnerons-nous ?

Angélique sursauta. Elle n'aimait pas mentir à sa mère. Elle baissa le nez et suggéra à contrecœur :

– Maman adore les sciences naturelles. Nous pourrions lui dire que l'élevage des pigeons nous intéresse !

Comprenant qu'elle était mal à l'aise, Élisabeth approuva :

– D'une certaine façon, c'est vrai. Nous ne mentirons pas. Je serai très heureuse de visiter un pigeonnier vieux de deux siècles et d'apprendre comment on élève ces animaux. Pas vous ? demanda-t-elle aux autres.

– Oui ! clamèrent-ils en chœur.

– Parfait ! À présent, rentrons vite si nous ne voulons pas nous faire disputer.

– Vous avez raison, renchérit Théo. Guillaume et moi devons être présents au réfectoire à 7 heures.

– Moi pareil ! lança Samir. Il faut que je nourrisse les chevaux de Son Excellence.

Après avoir salué l'archiviste, ils se dirent au revoir et se donnèrent rendez-vous le lendemain après-midi.

Chapitre 8

Mme de Mackau parut enchantée de leur idée.

– Voilà qui serait très instructif, déclara-t-elle. Les pigeons font preuve d'une grande intelligence. Savez-vous que si on les lâche loin de chez eux ils sont capables de revenir à leur pigeonnier ?

Dès que les filles furent seules, Angélique souffla à Élisabeth :

– J'ai réfléchi. Je mettrais ma main à couper qu'il s'agit d'une histoire d'amour contrarié. Cette Colombe et le charmant jeune comte de

Bonne-Maison sont sûrement amoureux l'un de l'autre. Samir nous a bien parlé de trois religieux ! Ce sont les prêtres qui doivent les marier en cachette. Seulement, la famille du garçon veut les en empêcher...

– Oh... Tu as sûrement raison. Parfait ! Je serais heureuse de les aider.

Le lendemain matin, après être allée dire bonjour à ses frères et à ses belles-sœurs arrivés dans la nuit, Élisabeth retrouva Angélique pour commencer les leçons de la matinée.

– Ce n'est pas parce que nous sommes à Compiègne, leur rappela Mme de Mackau, que nous devons négliger votre éducation. Travaillons, à présent !

Hélas, l'abbé de Montégut était lui aussi du voyage... Les deux filles durent subir un de ses cours si monotones dont il avait le secret. Conjugaison, orthographe, grammaire, il ne leur épargna rien !

À la pause, Mme de Marsan leur rendit visite. Aussi peu aimable que la veille, elle disputa la sous-gouvernante :

– Madame Élisabeth doit tenir son rang. Elle ne peut continuer à avoir de si médiocres fréquentations !

Mme de Mackau, vexée, s'indigna :

– Voulez-vous dire que je ne l'élève pas comme il faut ? Ou que ma fille Angélique a une mauvaise influence sur elle ?

– Comment pourrait-elle devenir une bonne reine si elle ne côtoie que des pages de petite noblesse, des étrangers qui parlent tout juste français, ou des va-nu-pieds tel ce valet…, ajouta-t-elle en montrant Colin.

Le garçon lança un «oh!» scandalisé. Il bomba le torse, serra les poings, et répliqua :

– Vous n'êtes qu'une langue de vipère !

La gouvernante, écarlate, manqua s'étouffer ! Elle se précipita sur Colin, l'attrapa et le bouscula si fort qu'il tomba par terre.

– Petit insolent ! Je vais te faire regretter tes insultes !

Et elle commença à lui donner des coups de pied.

– Arrêtez ! s'affola Mme de Mackau.

Élisabeth et Angélique tentèrent d'intervenir, mais la gouvernante les repoussa sans ménagement. Personne n'entendit la porte s'ouvrir... Marie-Antoinette entra. La surprise passée, elle s'écria :

– Assez !

Elle saisit le bras de la femme et la tira en arrière.

– Êtes-vous folle ? s'indigna-t-elle.

Chapitre 8

Les yeux bleus de la jeune reine lançaient des éclairs. Elle se pencha et aida Colin à se relever. Tous, dans la pièce, semblaient pétrifiés.

– Vas-tu bien, mon petit ? demanda-t-elle avec douceur.

Colin, en larmes, se dépêcha de plonger dans une révérence :

– Oui. Merci, Votre Majesté.

La souveraine se tourna vers la gouvernante :

– Comment pouvez-vous traiter cet enfant d'une façon aussi ignoble ? Sortez, madame. Sachez que vos manières sont détestables !

Mme de Marsan, toute rouge, la salua et partit dignement en tenant ses jupes à deux mains. Dans la pièce, on aurait pu entendre les mouches voler... Marie-Antoinette soupira avant de s'informer :

– Pourquoi est-elle entrée dans une telle fureur ?

Après que la sous-gouvernante le lui eut expliqué, la reine la réconforta :

– Vous faites parfaitement votre travail, madame. Grâce à vous, Babet est devenue studieuse et obéissante. Mon époux a été élevé jusqu'à l'âge de 7 ans par Mme de Marsan. Il m'a raconté combien il avait été malheureux à cause d'elle. Elle le trouvait trop timide et lourdaud. Elle le rabaissait sans cesse, et lui préférait ses frères.

Elle soupira une fois de plus et ajouta tout bas :

– Je la déteste ! Comment pourrais-je confier un jour mes enfants à cette femme sans cœur ?

Élisabeth vint lui prendre la main.

– Dites-lui de quitter la Cour !

– C'est impossible, Babet, vous le savez. La gouvernante des Enfants de France garde son poste à vie. Elle le transmet à une de ses filles, ou à une autre femme de sa famille. Même moi, la reine, je n'y peux rien ! Il nous faudra la subir jusqu'au bout.

Elle se dirigea vers la porte, se retourna et lança, le menton haut :

– Mais elle ne s'en tirera pas comme ça ! Je vais la voir de ce pas, pour lui dire ce que je pense d'elle !

Ce midi-là, Mme de Marsan, sans doute vexée d'avoir été réprimandée, ne se présenta pas au repas. Clotilde mangea à sa faim, et le repas fut des plus joyeux.

Une heure plus tard, Élisabeth et ses amis partirent pour l'élevage de pigeons. Tandis que les filles et Colin voyageaient en calèche, les deux pages les suivaient à cheval.

Ils eurent la surprise de découvrir, au milieu d'un champ de blé, un édifice peu commun. Le pigeonnier ressemblait à une haute tour carrée en pierre, au toit couvert d'ardoises.

À côté, la maison des Duval paraissait toute petite ! De nombreux pigeons tournoyaient dans le ciel. D'autres venaient picorer à leurs pieds en roucoulant, ce qui faisait aboyer Biscuit. Il s'amusait à les poursuivre, jusqu'à ce qu'ils s'envolent !

Les paysans, très étonnés de voir des gens de la Cour dans leur campagne, les accueillirent avec force courbettes.

– Nous avons appris, leur déclara Élisabeth, que vous aviez une fille prénommée Colombe. Pourrait-elle nous faire visiter les lieux ?

– Pour sûr ! s'esclaffa le père Duval, un homme rougeaud. Faut que je l'appelle. C'est qu'elle est un peu timide. Elle s'est cachée quand elle a entendu vot' voiture arriver.

Et il cria :

– Colombe ! Viens ici ! Dépêche-toi de faire voir le pigeonnier à ces messieurs dames !

Une enfant de 9 ou 10 ans arriva, aux longs cheveux châtains et au visage couvert de taches de rousseur.

– Impossible que des brigands en aient après elle, chuchota Théo. Elle est trop jeune.

– Adieu, l'histoire d'amour ! glissa Élisabeth à l'oreille d'Angélique. Elle n'a pas l'âge de se marier.

– Voilà not' pigeonnier, lança Colombe en les entraînant vers la tour. Faites attention où vous mettez les pieds, c'est sale !

L'endroit était incroyable, irréel ! Il sentait mauvais, mais les jeunes gens ne regrettaient pas d'y être venus. Tout l'intérieur, jusqu'au sommet, était creusé de petits trous, de centaines de petits trous…

– On appelle ça des « boulins », expliqua la gamine. Les pigeons nichent dedans. C'est là qu'ils élèvent leurs petits. Comme ils sont bien nourris, ils pondent beaucoup d'œufs.

Chapitre 8

– Combien en avez-vous ? s'enquit avec intérêt Mme de Mackau.

– Entre les pigeons et les colombes ? Près de deux mille. Not' maître, le comte de Bonne-Maison, gagne beaucoup d'argent grâce à nous. Les gens aiment manger du pigeon. Ça coûte moins cher que du poulet et c'est aussi bon. Et, avec leurs fientes[20], on fait de l'engrais pour les cultures.

Elle leur montra des cages qui traînaient au sol. Dans certaines étaient enfermées des colombes :

– Celles-ci ont de la chance, on ne les mangera pas. Elles vont participer au sacre du roi.

– Ah bon ?

– On nous en a acheté deux cents. Nous les livrerons demain à Reims.

Devant leur étonnement, Mme de Mackau intervint :

---

20. Excréments, crottes.

– Bien sûr ! Souvenez-vous. À la fin de la cérémonie, elles seront lâchées dans la cathédrale. Reviendront-elles toutes seules ici ? demanda-t-elle à la petite.

Colombe afficha un grand sourire empli de fierté :

– Presque toutes ! Ces oiseaux sont très doués pour retrouver leur chemin. Ils vivent en couple toute leur vie. Alors, il suffit d'attraper le mâle ou la femelle…

Elle attendit quelques secondes, pour voir s'ils suivaient, et continua :

– Ensuite, on les emmène à Reims. On les lâche dans l'église… et les colombes rentreront tout de suite au pigeonnier pour retrouver leurs petits et roucouler avec leur mari ou leur femme chéris !

– Voilà un bel exemple de fidélité conjugale ! plaisanta Mme de Mackau. Merci, mademoiselle, cette visite a été très instructive.

Une fois au-dehors, les jeunes gens réussirent à prendre Colombe à part :

– Ta famille a des soucis ? la questionna doucement Élisabeth.

– Des soucis ? Ben non. On travaille dur, mais on mange à not' faim.

– Est-ce que... des religieux viennent parfois ici ? Ou aurais-tu aperçu des inconnus bizarres récemment ?

– Non... À part vous, j'ai vu personne ! Pas plus des religieux que des gens étranges ! Y a bien des voyageurs qui sont passés, voilà deux jours, pour acheter des pigeons... Ils voulaient savoir quand nous partions pour Reims avec les colombes... Mais ils z'étaient pas bizarres !

Les yeux de la petite commençaient à montrer des lueurs de peur. Élisabeth la rassura d'un sourire :

– Ne t'inquiète pas, ce sont juste des questions en l'air.

Quelques minutes plus tard, Mme de Mackau les appelait pour le goûter, qu'ils partagèrent avec les enfants Duval. Ils repartirent peu après vers Compiègne, non sans avoir offert quelques pièces de monnaie aux paysans pour les remercier de leur accueil.

Les jeunes gens se regardèrent en soupirant de déception : ils n'avaient découvert aucune nouvelle piste...

Chapitre 9

Élisabeth dormit mal cette nuit-là. Elle ne cessait de penser que leur enquête n'avait rien donné. Quelque part, une personne inconnue était peut-être en danger de mort. Au matin, elle décida de tout raconter à Mme de Mackau.

Malheureusement, les choses ne se passèrent pas comme elle l'avait prévu... La famille royale quittait Compiègne pour Reims, où le sacre aurait lieu dimanche. Un emploi du temps très strict avait été établi. Le roi partirait à midi et coucherait ce soir-là au petit bourg de Fismes. De son côté, la reine arriverait dans la nuit, directement à Reims. Quant à Élisabeth et Clotilde, elles prendraient la route dès l'aube, afin de passer les portes de la ville peu avant midi. Il en était de même pour les pages et les Libyens, qui avaient décidé de se joindre à leur cortège.

Il faisait encore nuit noire lorsque la sous-gouvernante se présenta. Élisabeth tenta de lui parler :

– Madame, il faut que je vous dise…

– Plus tard ! Nous devons boucler nos bagages et ne rien oublier. Avez-vous appris votre discours ?

– Quel discours ?

– Celui que vous ferez aux habitants de Reims venus vous accueillir.

– Mais, il faut absolument que…

– Tututut ! Où avez-vous la tête ? Filez vite le chercher ! Vous l'apprendrez sur la route.

Élisabeth était si déçue qu'Angélique lui glissa :

Chapitre 9

– Nous lui dirons dans la voiture.
– Tu as raison.

Lorsque toutes les malles furent prêtes, les voyageuses descendirent dans la cour d'honneur éclairée de torches enflammées. Les pages de la Grande Écurie se mettaient en selle. La cinquantaine d'adolescents, superbes dans leurs uniformes, allait chevaucher derrière les princesses, le carrosse de Clotilde roulant en tête, et les Libyens fermant la marche.

– Nous avons de la chance d'avoir une si belle escorte ! s'exclama joyeusement Mme de Mackau.

Elle s'assit avec les filles sur la banquette de velours, se frotta frileusement les mains, et se tourna vers Élisabeth :

– Vous vouliez me parler tout à l'heure. Qu'aviez-vous de si important à me dire ?

Élisabeth ne se fit pas prier ! Elle révéla leur secret sans rien omettre.

– Je me doutais que Samir avait des ennuis, dit la femme. Il a bien entendu les mots « maison », « le comte », « Charles », « colombe », et « mague » ?

– C'est cela.

– Je connais quelques comtes prénommés Charles... Cependant, aucun ne possède de maison dans la région. Lorsque nous arriverons à Reims, nous avertirons le prévôt.

Chapitre 9

Élisabeth se sentit soulagée et commença enfin à profiter du voyage. Le paysage était agréable sous le soleil naissant. Au bord de la route, de nombreux paysans, dans leurs champs, les saluaient en secouant leurs chapeaux. Elle leur répondait d'un signe de la main.

– Ah! soupira Mme de Mackau en remarquant un clocher qui se découpait sur le ciel, voilà la ville de Soissons!

Vers 8 heures, les carrosses s'arrêtèrent dans la cour d'un relais de poste[21]. Tandis que les valets détachaient les bêtes, les passagères sortirent se dégourdir les jambes. Biscuit, tout content, trottina vers l'abreuvoir pour s'y désaltérer.

– Tu veux boire? lui demanda Élisabeth en lui donnant de l'eau au creux de sa main.

Mme de Marsan, la gouvernante, passa devant elles, menton haut, et entraîna vers l'auberge Clotilde, qui ne put résister.

---

21. Lieu, souvent une auberge, où les voitures de la poste, mais aussi les voyageurs, pouvaient trouver des chevaux reposés afin de poursuivre leur voyage sans perdre de temps.

– Elle nous fait la tête ? pouffa Angélique. Tant mieux ! Comme ça, nous n'aurons pas à la supporter.

– Madame !

Samir s'approcha en roulant des yeux terrifiés !

– Que se passe-t-il ?

– J'ai aperçu…

Il s'arrêta net lorsqu'il se rendit compte que la sous-gouvernante écoutait.

– Elle sait tout, le rassura Élisabeth. Tu peux parler.

– Les brigands ! Ils étaient là ! Ils se mettaient en selle quand nous sommes arrivés !

– Dans quelle direction sont-ils partis ? demanda Mme de Mackau.

– Par là !

Sur la route, dans un nuage de poussière, ils aperçurent quatre silhouettes qui s'éloignaient à cheval.

Les pages avaient mis pied à terre. Théo et Guillaume, comprenant que quelque chose d'anormal se passait, vinrent aux nouvelles.

– Les bandits, leur apprit Élisabeth, ils viennent de quitter le relais de poste !

– Suivons-les ! dit Théo.

– Je vous l'interdis ! lança Mme de Mackau. Vous ne pouvez abandonner le cortège sans l'accord de vos instructeurs. Et puis, ce serait trop dangereux ! Nous ignorons tout de leur projet. Nous nous renseignerons à la prochaine halte, au bourg de Fismes, afin de savoir quel chemin ils ont pris...

Ils repartirent bientôt. Les filles, dans leur carrosse, et Colin, assis à côté du cocher, observaient la route avec attention, à la recherche des quatre cavaliers. Hélas, ils ne les repérèrent pas. Deux heures plus tard, Fismes était en vue. Dès qu'ils s'arrêtèrent, les jeunes gens se renseignèrent auprès de l'aubergiste.

– Quatre voyageurs à cheval ? Ben dame, oui, je les ai aperçus ! Ils ont pris la direction de Reims voilà vingt minutes, après avoir changé de montures. Faut dire qu'ils avaient galopé comme des forcenés. Leurs chevaux en avaient de l'écume à la bouche...

– Ont-ils parlé entre eux ? s'enquit Théo. Les avez-vous entendus ?

– Ben dame, non. Vous croyez que j'ai que ça à faire ? Avec le sacre, j'ai du travail par-dessus la

Chapitre 9

tête ! Le roi couche à Fismes, ce soir. Demain, il partira dans son grand carrosse de cérémonie, avec toute sa suite, pour son entrée triomphale dans Reims. Toutes les chambres du bourg sont louées, je dois servir plus de cent repas !

– Et qui est passé chez vous, à part eux ? demanda Guillaume.

L'homme se gratta la tête, sembla réfléchir et énuméra :

– Des paysans en chariot, il y a un quart d'heure. Ils transportaient des cages remplies de pigeons blancs...

– Les Duval !

– ... et, peu après, une espèce de grosse voiture bizarre, toute couverte de plaques de fer...

– De plaques de fer ?

– De plaques de fer partout. Deux hommes à cheval les accompagnaient. À l'intérieur, il y avait trois vieux religieux qui somnolaient.

– Tr… Trois ? bredouilla Théo. Trois religieux ?

– Oui, trois religieux ! Ah mais, s'énerva l'aubergiste, vous n'avez pas fini de répéter tout ce que je dis ?

Les jeunes gens se regardèrent avec inquiétude.

Les serviteurs avaient remplacé les attelages fatigués par des chevaux frais, les carrosses étaient prêts à repartir. Élisabeth se dépêcha de mettre Mme de Mackau au courant. La femme sembla manquer d'air !

– Une voiture… blindée… avec… trois religieux ?

– Oui…

– Mon Dieu… C'est affreux !

Chapitre 9

– Mais... Vous les connaissez, madame ? s'étonna Élisabeth.

– J'aurais dû y penser ! Il s'agit des abbés de Saint-Denis ! Et savez-vous ce qu'ils transportent ? La main de justice, le sceptre et la couronne de Charlemagne[22] ! Des merveilles sans prix que l'on remettra à votre frère durant le sacre !

– Charles Mague ! s'écria Samir. C'est le nom que j'ai entendu !

– Magne ! le disputa Théo en articulant. Charlemagne ! C'est notre plus grand souverain ! Si tu nous avais dit « Charlemagne », notre enquête serait résolue depuis belle lurette !

– Ah mais ! protesta le Libyen. Je comprends tout juste le français ! Comment j'aurais pu

---

22. À chaque sacre, le Grand Prieur, le Trésorier et le Maître de Cérémonie de l'abbaye de Saint-Denis apportaient à Reims ces précieuses reliques dont ils avaient la garde. Après la cérémonie, ils les ramenaient à Saint-Denis.

savoir ? Tu connais les noms des pachas de mon pays, toi ? Eh bien, moi, je ne connais pas les rois du tien !

– Pardon ! Excuse-moi, tu as raison...

Mais la sous-gouvernante regardait en tous sens, comme perdue.

– Oh seigneur ! Oh seigneur ! gémissait-elle. Vite ! Prévenons...

Mais qui prévenir ?

– Aucun homme en arme ne nous accompagne, s'affola-t-elle, à part les deux instructeurs des pages, qui ne sont plus très jeunes. Nous sommes si nombreux dans le convoi, entre les adolescents et les Libyens, que personne n'a jugé utile de nous donner des gardes ! Nous n'en avons pas besoin !

– Alors, agissons ! répliqua Guillaume. Théo et moi, nous allons nous en occuper !

– Êtes-vous fous ? Et si ces brigands vous attaquaient ?

Chapitre 9

– En nous mettant au grand galop, nous aurons rattrapé les abbés de Saint-Denis dans cinq minutes. Nous leur dirons qu'ils courent un grand danger et ils feront demi-tour, la rassura le jeune page.

– Guillaume a raison, insista Théo. Nous n'avons pas une minute à perdre.

Puis, n'y tenant plus, le garçon annonça :

– J'y vais !

– Moi aussi, dit Guillaume.

Mme de Mackau les regarda monter à cheval et décida d'un coup :

– Je vous accompagne ! Madame, Angélique, attendez-moi ici. Expliquez à Mme de Marsan ce qui se passe…

– Ah ça non ! s'indigna Élisabeth. Je ne vous quitte pas !

– Vous êtes sous ma responsabilité et ne devez courir aucun danger ! répliqua Mme de Mackau.

– Que voulez-vous qu'il m'arrive ? Théo l'a dit, nous ne ferons que prévenir les abbés.

– Entendu, soupira-t-elle. Mais point de folies ! Montez vite !

La princesse attrapa son chien au vol et le posa sur la banquette, puis elle grimpa à toute vitesse pour le rejoindre. Quelques secondes plus tard, Mme de Mackau et Angélique prenaient place et leur voiture s'ébranlait.

– Cocher ! Au galop !

Mme de Marsan, qui sortait de l'auberge, s'étouffa d'indignation :

– Que veut dire ce manquement à l'étiquette[23] ? C'est à moi de prendre la tête ! Madame Clotilde est l'aînée !

Mais personne ne lui répondit.

---

23. Règlement très strict que l'on devait respecter à la Cour.

Chapitre 10

Ils roulaient à un train d'enfer. Samir galopait à leur côté, couché sur l'encolure d'Éclipse. Derrière lui, les deux pages suivaient.

– Revenez ! Revenez ! braillaient en vain leurs instructeurs dans leur dos.

Ils sortaient à peine du bourg de Fismes, lorsque Élisabeth poussa un cri :

– Avez-vous vu ?

Ils atteignaient un hameau entouré de vignes. À l'entrée se trouvait une grande pancarte sur laquelle était peint en lettres noires : « Maison Leconte, vins de Champagne ».

– C'est ici qu'ils projettent de les attaquer, ajouta Élisabeth.

– Dire que nous cherchions un comte !

– La voiture des abbés ne doit plus être loin.

Effectivement, dans la courbe du chemin, ils virent le lourd véhicule blindé qui roulait au petit trot, les deux gardes discutant à l'arrière tout en chevauchant.

– Regardez ! s'écria Colin.

Il pointa du doigt le virage suivant au milieu des vignobles.

– Cocher ! Arrêtez !

– Que se passe-t-il ? s'angoissa Mme de Mackau à l'intérieur.

La pauvre s'accrocha à la portière tant l'homme freina fort ! Enfin, le carrosse s'immobilisa. Les passagères se précipitèrent à la fenêtre. Au loin, sur la route, à six cents pieds[24], il y avait le chariot des Duval... renversé !

---

24. Ancienne mesure de distance. Un pied équivaut à 32,48 cm, 600 pieds font environ 200 m.

Chapitre 10

– Ils ont eu un accident, annonça Colin. Je vois les cages des colombes étalées sur la route... Mais où sont les Duval ?

– C'est sûrement un traquebard ! s'écria Samir.

– Un quoi ? s'étonna Élisabeth. Tu veux dire un traquenard ?

– C'est ça ! Je suis sûr que ce sont les bandits qui ont couché le chariot pour bloquer le passage. Comme ça, les religieux seront obligés de s'arrêter... Et quand ils auront volé le trésor, plus personne ne pourra les poursuivre !

– Tu as certainement raison. Pourvu qu'ils n'aient rien fait aux paysans !

Mais le véhicule blindé avançait toujours. Il se trouvait à trois cents pieds du chariot... Dans une minute, il serait trop tard !

– Vite, Samir ! ordonna Élisabeth. Tu as le cheval le plus rapide ! File les prévenir !

Chapitre 10

Samir tapa des talons sur les flancs de sa jument qui se cabra et partit au galop. Théo et Guillaume le suivaient de près.

– Cocher ! lança Mme de Mackau. En avant !

Élisabeth, la tête penchée par la fenêtre, suivait la course folle de ses amis. Elle vit Samir couper la route à la voiture blindée, à cent cinquante pieds du chariot.

– Ils les ont arrêtés ! lança-t-elle en soupirant de soulagement.

Les pages rejoignaient le Libyen. Mais les deux gardes des religieux dégainaient leurs épées !

– Arrière ! ordonnèrent-ils en menaçant les trois garçons.

– Attention au chariot ! leur cria Théo. C'est un piège !

La fenêtre de la voiture s'ouvrit. Un vieillard, vêtu de noir et coiffé d'une perruque blanche, montra le bout de son nez. Il observa la scène et jeta à ses hommes :

– Ne voyez-vous pas que ce sont des adolescents ? Rengainez vos armes. Eh bien, mon garçon, demanda-t-il ensuite à Théo, que nous chantez-vous là ? Où voyez-vous un piège ? Ces paysans ont eu un accident, il nous faut les aider.

Puis il aperçut le carrosse aux portières frappées de fleurs de lys, qui s'arrêtait juste derrière eux.

– Mme de Mackau, lui répondit Théo, la sous-gouvernante des Enfants de France, vous le confirmera.

Chapitre 10

Colin sauta au sol pour aider les passagères à descendre. Mais, derrière le chariot des Duval, apparurent quatre têtes coiffées de larges chapeaux de feutre... et quatre canons de pistolets qu'ils pointaient dans leur direction...

Mme de Mackau poussa un cri !

– Madame Élisabeth ! ordonna-t-elle. Restez à l'abri dans la voiture ! Vous ne devez courir aucun danger !

Élisabeth haussa les épaules. Elle montra la route, derrière eux.

– Ils n'oseront jamais nous attaquer ! Ils ne sont que quatre, et voici nos renforts qui arrivent !

Le carrosse de Mme de Marsan apparaissait dans un nuage de poussière. Derrière elle chevauchaient les cinquante pages, puis les Libyens encadrant la voiture de l'ambassadeur.

– Je crois plutôt, ajouta la princesse, que les bandits ne vont pas tarder à fuir, de peur de se faire arrêter !

– Mais…, s'inquiéta Angélique, et s'ils se vengeaient sur les Duval ?

Élisabeth ouvrit de grands yeux :

– Peste ! Tu as raison ! Ces pauvres gens sont en danger ! Il faut aller les délivrer…

– Je m'en occupe ! répondit Samir.

Il lança Éclipse au galop et se précipita à la rencontre du convoi. De loin, ils l'entendirent crier des mots en arabe. Quelques instants plus tard, quatre gardes de son pays revenaient avec lui au galop, mais aussi les deux instructeurs, et la plupart des pages les plus âgés.

– Nous voilà avec une vraie armée ! s'écria joyeusement Élisabeth. Voyez, madame de Mackau, je ne risque plus rien !

Dès que les bandits aperçurent les gardes libyens, ils sautèrent sur leurs chevaux et décampèrent sans plus chercher à les attaquer ! Il faut dire que les étrangers étaient vêtus de costumes si bizarres ! Et ils tenaient à la main de grands sabres recourbés, avec lesquels ils faisaient des moulinets en hurlant ! Ils étaient vraiment impressionnants !

– À moi, les Anciens[25] ! s'écria le maître d'équitation en levant haut son épée.

Les adolescents les plus âgés le suivirent et prirent les brigands en chasse. La plupart des jeunes gens étaient fils de militaire et se destinaient à la carrière des armes. À l'école

---
25. Les pages étaient répartis en trois catégories : les grands, ou « Anciens », les moyens, ou « Semis », et les jeunes, ou « Nouveautés ».

des pages, ils apprenaient tout autant l'équitation que l'escrime.

On retrouva les Duval au pied d'un arbre, ficelés comme des saucissons et bâillonnés. Les paysans avaient eu si peur qu'ils pleuraient de joie de retrouver la liberté, sains et saufs.

– Mes oiseaux ! s'écria Colombe entre rire et larmes. Toutes les cages ont roulé sur la route ! Ils doivent être terrorisés !

Les pages les plus jeunes, ainsi que les gardes de l'abbaye et Colin, leur prêtèrent secours. Puis, avec des « oh hisse ! », poussant ou tirant, ils parvinrent à remettre le chariot sur ses roues. La voie était libre.

– Aaahh !!! clama tout le monde en chœur.

– Nous vous devons la vie, déclara le Grand Prieur aux jeunes gens.

– Vous avez sauvé notre trésor, renchérit le Maître de Cérémonie. Sans vous, Sa Majesté n'aurait pas pu être couronnée !

Chapitre 10

– Par pitié, supplia le Trésorier, ne parlez jamais de ce qui vient de nous arriver. Il faut que cela reste un secret, car il en va de notre honneur.

Tous promirent en levant la main :

– Nous le jurons !

Mme de Marsan, l'air pincé, vint peu après s'informer auprès de Mme de Mackau :

– Pourquoi avez-vous pris la tête du convoi ? C'est un grand manquement à l'étiquette ! Et pourquoi être partie si vite ?

Mme de Mackau sourit avant de répondre avec de grands yeux innocents :

– En fait, je n'y suis pour rien. Nos chevaux se sont emballés...

– Pfff..., fit la femme sans en croire un mot. Et qu'est-ce donc que cette histoire de chariot renversé ?

– Un simple accident. Par chance, notre jeune ami libyen est allé chercher les gardes de Son Excellence l'ambassadeur pour leur porter secours, avec l'aide des pages.

Mais Mme de Marsan s'en moquait. Elle haussa les épaules et lui tourna le dos pour regagner son carrosse.

Élisabeth, Angélique et Colin ne purent s'empêcher d'éclater de rire !

– À présent, repartons pour Reims ! On nous y attend.

La porte de la ville était noire de monde ! Les habitants accueillirent nos deux princesses avec des cris d'allégresse et des bouquets de fleurs. Ils étaient tout attendris devant leur jeunesse et leur timidité !

Clotilde, studieuse et appliquée, récita d'un air digne son discours rempli de mots compliqués. Puis ce fut au tour d'Élisabeth. Elle n'avait pas eu le temps d'apprendre son texte et commençait à sentir la panique l'envahir...

Chapitre 10

Elle déplia son papier d'une main tremblante pour le lire, y jeta un œil angoissé... et fit une grimace avant de le froisser dans le creux de sa main. Tant pis ! Mme de Marsan serait sûrement furieuse. Mais ces gens étaient si gentils. Ils la contemplaient avec tant d'affection ! Comme un silence pesant s'installait, elle se lança :

– Chers habitants de Reims ! Je suis si heureuse de venir dans votre ville. Je vous remercie pour votre accueil... Je ne l'oublierai jamais, et vous resterez pour toujours dans mon cœur !

Bon sang ! Quel tonnerre d'applaudissements elle reçut en retour ! Elle en devint toute rouge et serra contre son visage le beau bouquet de roses qu'une petite fille endimanchée lui avait offert. Elle venait de prononcer son premier discours !

Chapitre 11

11 juin 1775, Reims.

Installée sur un balcon surplombant l'autel de l'église, Marie-Antoinette pleurait à chaudes larmes. Elle regardait son époux avec tant d'émotion ! Élisabeth retint son souffle…

Louis-Auguste venait de faire le serment de protéger l'Église et de gouverner avec justice et sagesse. Il s'agenouilla. L'archevêque de Reims bénit l'épée de Charlemagne. Il la lui tendit. Le jeune roi se recueillit un instant, avant de l'offrir à Dieu en la posant sur l'autel.

On apporta alors l'huile sainte sur un coussin d'étoffe dorée. Louis XVI se prosterna. Le religieux traça neuf croix sur son corps avec le précieux liquide... Puis on recouvrit ses épaules d'un magnifique manteau de velours violet décoré de fleurs de lys d'or, doublé d'hermine.

– Dieu que c'est émouvant, souffla Élisabeth à sa sœur d'une voix chevrotante.

Voilà qu'elles aussi pleuraient !

L'archevêque remit à Louis-Auguste le sceptre royal et la main de justice. Le roi était sacré ! À présent, on allait le couronner. Plusieurs seigneurs, dont Louis-Stanislas et Charles-Philippe, s'approchèrent. L'archevêque prit alors sur l'autel la grande couronne de Charlemagne, une merveille d'or, de rubis, de diamants et d'émeraudes.

Dire qu'on avait failli la voler ! L'homme la bénit, et la posa sur la tête du roi.

Chapitre 11

– Il est couronné...

Voilà que les seigneurs embrassaient Louis XVI et lui juraient fidélité et obéissance.

Dans la foule, un homme se mit à sangloter bruyamment ! Beaucoup se retournèrent avec curiosité. Il s'agissait d'un étranger... vêtu d'un manteau de soie et la tête coiffée d'un turban ! L'ambassadeur de Libye !

– Chuuut !!! fit-on pour lui imposer le silence.

L'homme semblait si ému ! Élisabeth en sourit entre ses larmes !

Puis Louis XVI, magnifique dans son manteau, tenant le sceptre et la main de justice, le front couronné de la somptueuse relique, s'assit sur son trône, tout en haut d'une haute estrade.

Élisabeth ferma les yeux.

– Mon Dieu, faites que le règne de Louis-Auguste soit heureux... Donnez-lui la force d'être un bon roi, juste et aimé de tous...

Elle se mordit les lèvres et ajouta :

– … et faites aussi qu'il ne me marie pas à l'infant du Portugal…

Elle s'en voulut aussitôt de mêler sa petite vie au sort d'un grand roi mais, pourquoi pas ? Des fois que Dieu l'entende…

Les portes de l'église s'ouvrirent, faisant entrer dans la cathédrale un flot de lumière. Le peuple pénétra en foule, acclamant le jeune souverain ! C'est le moment que les Duval choisirent pour lâcher leurs colombes.

– Comme c'est beau ! s'enthousiasmèrent Élisabeth et Clotilde.

Les oiseaux, symboles de paix, battaient des ailes, tels des anges miniatures. Des cris admiratifs s'élevèrent ! On n'entendait plus que des rires, de la joie, des chants… Quelle magnifique cérémonie ! Quelle émotion ! Les cloches sonnaient ! À l'extérieur, on tirait des coups de canon ! Le peuple reprenait : « Vive le roi ! »

Chapitre 11

– Comme ils l'aiment, chuchota Élisabeth, émue. Louis-Auguste sera le roi le plus merveilleux que la France ait jamais eu...

La Couronne de Charlemagne

L'empereur Charlemagne n'a jamais porté cette couronne ! Elle a été fabriquée pour le roi Philippe Auguste en 1193. Son épouse, la reine Ingeborg de Danemark, en possédait une identique, légèrement plus petite. Après leur couronnement, ils les offrirent à l'abbaye de Saint-Denis. Elles étaient si belles, si majestueuses, que l'on inventa une légende faisant croire qu'elles avaient appartenu à Charlemagne.

Hormis le roi Jean II, tous les souverains, depuis Louis VIII jusqu'à Henri III, les utilisèrent pour leur couronnement.

Malheureusement, pendant les guerres de religion, en 1590, le duc de Mayenne, chef des ligueurs (le clan des catholiques), les déroba. Il décida de les faire fondre pour récolter de l'argent, mais aussi pour que le futur Henri IV, son ennemi, ne puisse être sacré avec. En fait, une seule couronne fut détruite, et on retrouva l'autre. De nombreux historiens pensent qu'il s'agit de celle de la reine. On continua à se servir de cette dernière pour le couronnement des rois de France jusqu'à Louis XVI.

La couronne dite « de Charlemagne » était en or massif et pesait 4 kilos. Elle était ornée de 48 pierres précieuses : 16 rubis, 16 émeraudes et 16 saphirs surmontés d'un énorme rubis. À l'intérieur se trouvait un bonnet de velours cramoisi brodé de perles. Elle a été de nouveau volée pendant la Révolution et a disparu à jamais.

Élisabeth
princesse à Versailles

Nous sommes en 1774, Élisabeth a 11 ans et c'est la petite sœur de Louis XVI. Orpheline de bonne heure et benjamine de la fratrie, Élisabeth est la chouchoute de la famille et elle sait en jouer. Avec sa grande amie Angélique de Mackau, elle va être amenée à résoudre bien des intrigues à la Cour de Versailles.

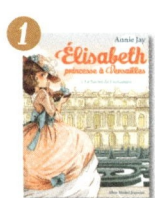

Élisabeth et Angélique mènent l'enquête à la Cour de Versailles pour résoudre le vol d'un précieux tableau.

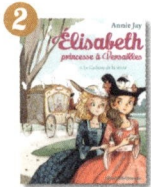

L'heure est grave, Colin, le jeune valet d'Élisabeth, est accusé de vol. Comment prouver son innocence ?

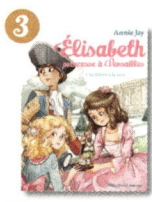

L'enquête continue pour Élisabeth. Parviendra-t-elle à retrouver le tableau disparu ? Mais attention, Maurice rôde…

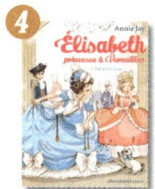

Alors qu'à Versailles tout le monde se prépare pour le grand bal, Biscuit, le petit chien d'Élisabeth, disparaît mystérieusement…

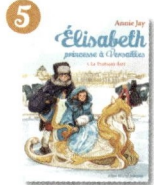

Il neige à Versailles ! Élisabeth ne s'est jamais autant amusée. Mais qu'est devenu le frère de Margot, la petite orpheline ?

Des visiteurs à Versailles ! Élisabeth réussira-t-elle à apprivoiser Éclipse, la jument offerte par l'ambassadeur de Libye ?

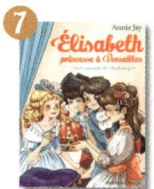

Des bandits préparent un mauvais coup… Élisabeth réussira-t-elle à les arrêter ?

Tome 8 à paraître en septembre 2017.

Conception graphique : Delphine Guéchot

Imprimé en France par Pollina S.A en juin 2017 - 81173C
Dépôt légal : mai 2017
Numéro d'édition : 22689/02
ISBN : 978-2-226-39781-2